Jorge Canales

ATRAPADOS

DE LOS CUATRO VIENTOS

Canales, Jorge
Atrapados. - 1a ed. - Ciudad Autónoma de Buenos Aires : De Los Cuatro Vientos, 2014.
64 p. ; 14x20 cm.

ISBN 978-987-08-0974-6

1. Poesia Salvadoreña. I. Título
CDD ES861

Diseño de tapa e interior: Departamento de Diseño Modelo para Armar
Imagen de tapa: Título de la obra: Atrapados
Autor: Carlos Girón (El Salvador)

Queda hecho el depósito que marca la ley 11.723
ISBN: 978-987-08-0974-6
Impreso en Argentina

De Los Cuatro Vientos Editorial
Venezuela 726
(1095) - Ciudad Autónoma de Buenos Aires
Tel/fax: (054-11)-4331-4542
info@deloscuatrovientos.com.ar
www.deloscuatrovientos.com.ar

PRÓLOGO

Jorge Canales: el poeta de los mil sentidos

"También mi sangre bulle y río por los ojos que han conocido el brote de las lágrimas. Creo que el mundo es bello, que la poesía es como el pan, de todos". *Roque Dalton*

Jorge Canales refleja la poesía latinoamericana, la sensibilidad por la naturaleza y la pasión por la vida. Pero también su obra está impregnada de ideología que se piensa, amor que se vive y vida que se disfruta. Como lo hace todo poeta auténtico.
Sus versos reflejan situaciones sociales, observaciones ácidas, sensibilidades complejas y palabras bellas que se expanden sin permiso.
Un torbellino de imágenes: flores, mujeres, cuerpos, lugares, memorias, eclipses, luciérnagas y uvas. La naturaleza y la vida fundidas en una voz fuerte y noble. Versos sobre pieles, insectos, colores que nos invaden desde su escritura.
Sin olvidar los verdes, los hijos de cartón, los antiparadigmas y las bestias.
El Salvador sangrante y vivo. Los vinos y el cáliz de todos los días.
Una sonrisa más grande que el Volcán de Izalco.
Y su Amapola, su amada, que acompaña y canta a cada segundo como una abeja a su flor predilecta.
Jorge Canales señala que Roque Dalton decía que tenía dos patrias, El Salvador y Cuba, y él nos dice "y yo tengo dos patrias, El Salvador y Argentina". Y eso se nota. Como sus mil sentidos que nos invitan a leerlo, a disfrutarlo y a pensarlo.

Carlos Rodríguez Arias

EL SAPO

A Gabino Esteban

El sapo parece estar de acuerdo con todo.
Hay quienes lo malinterpretan:
lo matan a pedradas.

LADRIDOS Y DIENTES

El perro muestra los dientes
tembloroso aún por el frío de la muerte.
Un día fue jilguero:
amaneceres trinaba.
Ahora
le ladra a la noche.

LUPANAR

La boca de la flor nocturna
intenta devorarlo todo
en las tinieblas del lupanar.
Engulle levadura, órdenes,
gemidos, semillas y sal.
No deja nada,
solamente los labios rendidos
en la lujuria del animal.

LA ANCIANA

En la Calle Arce hay una anciana.
En las grietas de sus ramas
era el mediodía una lágrima.
Quizá fue un segundo o una vida
la triste mirada detuvo el tiempo.
Este mediodía, Amapola, lloré con ella.
Si lees el poemario
encontrarás un poema
y en el corazón está ella
llorando.

DEBER SOCIAL

Muchas veces
al nacer
te entregan la pobreza
con todo y escritura pública.
Entonces
debes morir
antes del almuerzo.

HASTA AQUÍ

Aquí entrego los versos,
al abrazar el dolor,
acaricio la tristeza bajo la herida.
Estoy cansado, cerca de la oscuridad.
Como lágrimas,
mis pensamientos repletos de sal
y mi tinta negra,
con luz blanca y azul vuelan,
se integran al poema,
llegan hasta aquí.

EN EL CIELO

El silencio de la casucha de lata
la simulación de cena delata.
El niño no está de acuerdo
si lo está cuerdo no está.
Su falsa risa
de verdad eriza.
Después de golpearle la testa
al niño que protesta
el padre ordena que calle
pueden oírle en la calle.
La madre como enmienda
pedir perdón a Dios recomienda.
El niño en silencio murmura adiós.
En el cielo ríe Dios.

LOS POETAS

Los herederos del verso
adoptan las penas de la calle
para hacerlas descansar
en los pétalos tiernos del consuelo.

Clavan las angustias del desamparo
en los corazones blandos
de niños y niñas
dispuestos a enjugar lágrimas
con sus pañuelos azules.

Incendian las heridas extrañas
que siempre son suyas
a sabiendas que es utopía
convertirlas en cenizas

LA VOZ DEL VERSO

Desde la realidad emerge el verso,
la pluma no es mía ni el poema del sentimiento desnudado.
La voz de la imagen
es mi pecho abierto al cielo de tulipanes
o al infierno y sus llamas.
Es el momento en el cual, desde la ausencia,
la mano escribe.
Es el retorno de lo vivido.
Es el poema que abre la puerta
para nunca más ser cautivo.

SIN PUÑAL

Regreso del mercado
traigo las manos
repletas de burlas
a mi hambre.
La cocina de casa tiene fuego
pero no se hornear este deseo de pan.
Mi nombre es hambriento extremo
y quisiera asesinar los rituales del pan
pero entre la dignidad y el hambre
no tengo un puñal.

NO VUELVAS A CASA

No vuelvas a casa.
El gato ya no te espera.
Del espejo se fugó tu cara.
Tu almohada voló al olvido.
Ya no hay cabello tuyo en la cama.
Mi toalla no te recuerda.
La puerta exige otra llave.
No vuelvas a casa.
Tu hermana menor vive conmigo.

EN EL BUS

Dame una mentira de pan
para la sinceridad de mi hambre.

Dame un atrapa–pesadillas
para mi angustia de trapo.

Dame el eco de una moneda
para un retazo de fantasía.

Dame una llama infernal
para otro cielo de piedra.

EL GATO

En la oficina

hay un gato.

No utiliza las garras

para matar:

Le basta la lengua.

NOTICIAS DE LA GUERRA

El padre del soldado recibió
una botella de whisky Johnnie Walker
del presidente Bush
a cambio de la sangre
de su hijo Johnnie Pérez
que murió en Irak.

MARIPOSAS DE MEDIANOCHE

Hoy asesinaré esa lágrima
en la puerta de mi tristeza.
Iré a buscar las ninfas
que florecen luminosas
en la primavera de la medianoche,
y beberé alegría de sus labios
hasta emborracharme con sus risa

LA JAULA

En la jaula
el pájaro enmudece.
Añora
los árboles del bosque;
no hay flores
que vuelvan fragancia su canto.
Su silencio observa las alas
que le mutilaron las alas.

AJUSTE DE CUENTAS

El poema final:
Desnuda mi faz.
Mentiras y verdades
aceptan el veredicto
sin pestañear.
Nadie debe llorar por mí:
mis ojos están firmes frente al final.

EL HAMBRE

Infatigable.
Puntual.
Irrespetuosa.
Cada noche llega,
como burla cínica,
a conversar
con mi insomnio.

AUSENCIA DE MANOS

En memoria de Carlos Cañas

Salía a la calle
a buscar
a alguien que en inversa
viniera.

Salía a la calle
y estrechaba
la soledad de manos
de siempre.

Un amanecer
que salió a la calle
ya se había marchado.

LOS POBRESORES

Son los que debaten acerca de las teorías del big-bang,
los conflictos sexuales no resueltos de Freud,
los paradigmas de la injusticia social,
las ecuaciones de la desigualdad
y de repente,
en la interesante e intelectual conversación
preguntan:
¿Cuándo van a pagar?

LOS LADRONES

Quisieron quitarnos la camisa,
pero no pudieron:
¡No teníamos!
Entonces…
nos robaron la espalda.

ESTRELLA GENESIS

La niña llora.
La madre arrulla.
El cielo calla.

La niña calla.
La madre llora.
El cielo arrulla.

ESPERANZA

Es la mujer que sale a la calle
confiada que el sudor de su frente
la convertirá en naranja dulce
en la boca de sus hambrientos niños.

MENÚ

El león quiere gacela para cenar.
El colibrí néctar de girasol.
De qué valen los gustos…
si el cerdo decide el menú.

EL PERRO

El perro de la oficina
un día devoró a su jefa
al siguiente
murió por estreñimiento.

LA CEBOLLA

A mis padres

Toda una vida
junto a la cebolla:
el frío de la madrugada
el calor de la tarde
las siluetas nocturnas
todo a cambio
de no estar más junto a la cebolla.

VERDE

Me gustan muchos verdes.

Me agrada el verde húmedo del musgo.

Me vislumbra el verde canto del amanecer.

Me encanta el verde de la hoja solidaria
en el sendero de hormigas.

Me fascina el verde sincero de tu pupila amada mía.

Pero hay un verde que detesto:

EL VERDE OLIVO

HIJOS DE CARTÓN

En un país con ciudades
y casas de cartón
viven personas con necesidades
y sueños de cartón.
Hay escuelas
donde profesores de cartón
convierten alumnos
en trabajadores de cartón
para fábricas
donde elaboran productos
por salarios de cartón.
Después del trabajo de cartón
van a sus hogares
a descansar y amarse
en lechos de cartón
para tener hijos de cartón
útiles en el sistema social de cartón.

LA MASA

Cuando de escribir tortillas
y cocinar poesía se trata:
El poeta y la tortillera
tienen versos y maíz.
La pluma se hace masa.
La palmeada una rima.
La musa es una brasa.
El comal una estrofa.
La tortilla es el poema.

Cuando de cocinar poesía
y escribir tortillas se trata:

La tortillera es el sudor.
El poeta es la ceniza.

TINTA ROJA

A Andrés Eloy Blanco

Tus versos no te dejarán morir
incrustarán tus ojos en el tiempo
y tu voz en el mar.
Tus letras infatigables
testimoniarán tus pasos
bajo la noche y la luz solar.
Tus versos cantará el Torogoz
que en el vientre de la fiera urbana
sus alas logró colorear.
Tus versos no te dejarán morir
siempre serán tinta roja
escribiendo la negación de la negación.

OSCURIDAD

Danzan las gacelas de medianoche
entre lobos y vino.
Con sus pechos en girasol
perfuman de luna
los deseos del animal.
Es el papel moneda encendiendo
la obligación de la gacela
y el aullido del animal.
Es territorio de lobos insospechados
y de gacelas con luciérnagas sin luz.
Nadie podrá escapar de la oscuridad.

CORDURA DE LOCOS

Los poetas son seres confusos
siembran risas y cosechan lágrimas
fecundan de poesía sus musas
y las hacen germinar locuras.
Creen que el lupanar es iglesia
y que sus cortesanas son vírgenes.
Los poetas son lágrimas ahogadas
en la burla de sus heridas.
Los poetas cantan paradojas en la angustia,
destilan trastornos en cada verso,
heredan la cordura de los locos.

EL CONEJO

Veo con claridad
la zanahoria que disfruto
dijo el conejo.

Pero no vio el lobo
que lo disfrutó.

EL POETA A LA MUERTE

Sé que un día vendrás
a beberte mi tinta,
yo te entregaré la pluma
y reposaré
abrazado con las metáforas.
Ya nada importará:
mis besos sin labios,
tus ecos de agonía,
las paradojas atrapadas en la oscuridad.
El poema sin versos
callará en mi pecho sin musa.
Sus ojos perdidos
no podrán ver tu risa
ni el adiós de la mía.

RECIPROCIDAD

Mi locura escribía poemas imaginarios
mientras borraba versos sin letras.
Las páginas sedientas bebían la tinta
huérfana de color.
Los cuerdos se reían de mí
y de ellos... mi locura.

A MI MADRE

A quien no termino
de decirle adiós.

Al llover,
los potros del relámpago
galopan mis pensamientos
tu distante vientre de mi memoria;
con aroma de miel,
en silencio,
tú y yo nos sonreímos.

PIEDRA EN LA OSCURIDAD

Perdido,
sombra siniestra en la calle,
corazón con maldición.
En un rincón de la oscuridad me alumbra la brasa,
allí me quema la piedra.
Ni aroma de Amapola en mi pecho,
ni oración maternal en el cielo:
Mi corazón incinerado en la jaula
llora tristezas sombrías.
En otra esquina de la noche
un loco engulle tinieblas y ríe.
Mi corazón cuerdo, ausente de risa, lo envidia
desea ser su corazón de loco.

PLEGARIA A LA POESÍA

¡Ah, poesía,
poesía hecha con luz de tinieblas:
¿Ves cómo despinto entre mis versos
y escribo poemas sin letras?
¿Ves cómo extraño mi razón de loco?

Dame una palabra que repinte de ti
esta despedida con mi nombre.
Letal como la verdad de la mentira,
la deletrearé en el abismo.
Dame la palabra que detestes:
una que destroce la sonrisa del payaso.
La que ahogue el llanto del miedo.
Alguna, alguna que me llore desde el silencio.
Alguna que me pierda el camino.

Dame una palabra tierna
para no leerla, para no escribirla.
Que descubra la agonía de mi tinta
ahora que me enamora la muerte.

CONSUMISMO

Si sales a la calle
a vender estiércol
no te preocupes por la competencia
siempre habrá quienes compren.

SOL EN MIS OJOS

Tú, la del mercado
la del delantal y sudor.
Tú, la aliada de ese sudor
en los días más oscuros.....inclementes.
Madre, tú depositaste el sol en mis ojos
y apresuraste la sonrisa:
¡¡¡GRACIAS MADRE!!!

MADRE

En un temprano amanecer
prendida a tu delantal
sin un centavo en los bolsillos
alimentaste a los tuyos...
¡¡Nada te detuvo!!
Demasiada mujer para renunciar:
¿Verdad, madre?

DISTANCIA

Cuando estemos distantes
y nuestras voces nos llamen
crujirá el viento
y alumbrará la ausencia.
Se agitarán banderas de silencio
en los gritos vacíos
y en el eco de sus lamentos.
Los versos serán distancia y olvido
en los recuerdos de la tarde
que se ahoga lentamente.
Cuando estemos distantes
y nuestros ojos nos busquen
llorará el río
y borrará la huella.

Y CAYENDO PARA SIEMPRE A LA VIDA

A Amada Libertad

Leyla disparó gavilanes en el Cerro Guazapa.
Desató alas a tulipanes en sus disparos:
Amaba las golondrinas.

Cuando la luna
cerró los ojos al sol
de pie retó a la oscuridad.

¡¡¡ Por algo era Amada Libertad!!!

Y cayendo para siempre a la vida[1]
liberó otros grillos más.

1: Sergio Corrieri (1939-2008-Cuba)

ALETEO DE VIOLINES

Mudas observan
las grietas de las paredes.

Siluetas mutiladas
se deslizan lentamente
sobre los labios zurcidos
de la Escuela Mariano Méndez.

Las heridas desfloradas
de sus columnas recuerdan
tiernas vocales, juegos de niños
y aleteo de violines.

El tiempo,
atrapado en telarañas,
observa el vacío.

LA MUÑECA DE LA OSCURIDAD

Su rostro de hierba angustiada
retuerce la mueca de sus ojos.
Sus hojas rotas se desploman sobre la soledad.

La Avenida Independencia guarda silencio.
La intemperie alza su voz.
Un perro, en la acera, ladra fragmentos de oscuridad.

Los fantasmas del crack liberan de la pipa a Satanas.
Ella fuma su maldición.
Una lágrima se desliza sobre la blusa azul
que nunca pudo bordar.

La desesperación aproxima el puñal a su muñeca
la noche se encargará del final.

PLEGARIA A LA ALEGRÍA

Permanece en mí,
como clorofila en hoja de amanecer
y cardume en aguas del mar.
Quédate conmigo,
cuando la ausencia de su voz retumbe en mis sentidos,
en mis ojos brille la oscuridad
y en la bahía de su boca el barco de mis labios no pueda anclar.
No te vayas como fragancia crepuscular.
Quédate en cada célula de mis días,
en el tacto de mi compañía
y las letras de mi voz.

SÚPLICA SIN LUZ

El silencio de su voz
irrumpe en la calle.
Se incrusta en el vacío.
Silueta tenebrosa,
fantasmagórica y carroñera.
Invisible en la luz.
Sin vocales ni consonantes
suplica la muerte
en la clemencia imposible
de la ausencia de luz.

ADVERTENCIA

No converses de noche con el hambre.
Te atrapará el insomnio.
No habrá ovejas saltarinas,
solo ratas orinando el hambre
en tu sueño despierto.

EL GUSANO

En esta irónica vergüenza
veo una paradoja
sonriendo en el espejo.

Una súplica sin honor
se arrastra
bajo los pies
del desprecio.

VERSOS EN LAS MANOS

Mi poesía nació
en un imperio de bestias.
Nació guerrillera.
Sin célula.
Sin fusil.
Sin comandante.
Sólo traía
versos en las manos.

LA CALLE

Es fácil morirse
en esta calle
temblorosa, fría, muda.

¿Por qué tantos ojos
alumbran frialdad?

¿Hasta cuándo brillará la impunidad del puñal?

¿Qué bestia
asesina la voz?

Es fácil morirse en esta calle
preñada de miedo.

VERSOS QUE MUEREN EN JOSÉ

Con Juan Manuel Roca

En estos versos
hay una avenida,
un lupanar,
una zorra
y José.

En estos versos
hay una avenida,
una cárcel,
una celda
y José.

En estos versos
hay una avenida,
un cementerio,
una tumba
y José.

LA LOCA Y EL PERRO

Con sus páginas desesperadas
sobre la calle displicente
una loca araña el tiempo
con las uñas de su mirada.

En sus pupilas sin rumbo
la tarde se fuga,
tétrica,
hambrienta.

Las voces no se detienen,
confunden sus lenguas,
ocultan sus ojos.

Un perro orina su sombra,
ella gruñe,
las uñas de su ira
desgarran lágrimas
de oscuridad.

DIALÉCTICA

A María Palitachi

A veces la vida se burla
de la tumba vacía.
La soga rompe la rama,
el viento fecunda la flor.

A veces el espejo rompe la bala.
Bajo la luna desova un pez.

A veces,
de la tumba vacía,
se burla la vida.

TODOS DEBERÍAN ESTAR LOCOS

Amaneció un charco de sangre
en una vértebra de la Calle Arce.
Una loca se mira en su espejo.
Entre risas y desvarío
lucha por rescatar del fondo,
el terror de sus poros.
Temblorosa arrulla el color,
lo bebe sus manos
y con la húmeda ternura
de sus dedos
escribe en la pared:
¡¡Todos deberían estar locos!!

ESTUPRO

La madrugada
acude desaliñada.

La hierba delata
lucha
extraña humedad.

Bajo el ultraje
un tulipán asustado
recoge sus pétalos en pedazos.
Sus ojos no olvidarán ese número
en el espejo de sus lágrimas.

MUERTE DE UN POETA

En su pluma ya no hay tinta.
Las flores abren sus pétalos
al viento que trae sus cenizas.

Este libro se terminó de imprimir en
Modelo para Armar en el mes de agosto de 2014
Luis Sáenz Peña 647 - C.A.B.A.
Buenos Aires - Argentina